KB199606

문학과지성 시인선 239

붉은 눈, 동백

송찬호 시집

문학과지성사에서 펴낸 송찬호의 시집

10년 동안의 빈 의자(1994)
고양이가 돌아오는 저녁(2009)
분홍 나막신(2016)

문학과지성 시인선 239
붉은 눈, 동백

초판 1쇄 발행 2000년 2월 2일
초판 9쇄 발행 2023년 3월 3일

지 은 이 송찬호
펴 낸 이 이광호
펴 낸 곳 ㈜문학과지성사
등록번호 제1993-000098호
주   소 04034 서울 마포구 잔다리로7길 18(서교동 377-20)
전   화 02)338-7224
팩   스 02)323-4180(편집) 02)338-7221(영업)
전자우편 moonji@moonji.com
홈페이지 www.moonji.com

© 송찬호, 2000. Printed in Seoul, Korea

ISBN 89-320-1145-1 02810

문학과지성 시인선 239

붉은 눈, 동백

송찬호

2000

시인의 말

　내 詩業은 아직 지붕이 없다. 기껏 한철을 살다 가는 매미의 노래로나 기억될 뿐, 그러나 시간은 자꾸 등을 떠밀고 또 책을 낼 때가 되어 기왕 발표한 것들을 헐어내고 잇대어 세번째 시집을 엮는다.

　손을 놓고 이곳저곳을 뒤적여보지만, 역시, 누추할 뿐이다.

2000년 1월
송찬호

차례

▨ 시인의 말

궤짝에서 꺼낸 아주 오래된 이야기 / 9

희생 / 10

촛불 / 11

머리 흰 물 강가에서 / 12

임방울 / 13

어느 회의주의자의 일생 / 14

우리들의 찐빵에 대하여 / 15

나, 동백꽃 보러 간다 / 16

동백 / 18

동백 열차 / 20

이야기 벌레들 / 22

접시라는 이름의 여자 / 24

동백이 활짝, / 26

검은머리 동백 / 27

동백의 등을 타고 오신 그대 / 28

동백이 지고 있네 / 29

봄밤 / 30

사상누각 / 31

봄날 / 32

山經 가는 길 / 34

기타 / 36

山經에 가서 놀다 / 38

봄날을 가는 山經 / 39

병뚜껑 / 40

향일암 애기 동백 / 42

총알 / 44

관음이라 불리는 향일암 동백에 대한 회상 / 46

山經을 비추어 말하다 / 48

아이스크림 / 49

동백 선생 / 50

이른 아침 창가 나뭇가지에 동백이 앉아 있었네 / 52

담쟁이넝쿨이 동물 해부학을 들여다 보다 / 54

나비經은 언제 오는가 / 55

탱자나무 울타리가 있는 과수원 / 56

목 부러진 동백 / 58

외투 / 60

동백國에 배를 띄워 보내다 / 61

동백 대왕 신종 / 62

뜨개질 / 63

뜨개질, 그 후 / 64

아이스크림을 휘젓다 / 65

외투가 얼어 죽었다 / 66

나비의 꿈 / 68

살구나무 / 70

金사슴 / 72

이지 라이더 / 73

주름살 / 76

▨ 해설 · 검은머리 동백, 시인의 숙명적인 부조리
· 김춘식 / 79

궤짝에서 꺼낸 아주 오래된 이야기

우리 집에는 아주 오래된 얼룩이 있다
닦아도 닦아도 잘 지워지지 않는
누런 냄새, 누런 자국의,

우리 집에서 가장 오래된 것은 그 건망증이다
바스락바스락 건망증은 박하 냄새를 풍긴다
애야 이 사탕 하나 줄까, 아니에요, 할머니,
할머닌 벌써 십 년 전에 돌아가셨잖아요!

희생

나는 이제 더 이상
사슴을
노스탤지어라 부르지 않는다

이제 피로써 약속할 수
있는 것만 이야기하자
결박된 사슴과
그 앞에 놓인 예리한 칼과
흰 보자기와 함께 준비한 그릇을

소풍 나온 인문주의의 아이들이
재잘거리며 흰 사슴의 언덕을 넘어간다
다시 사월이 돌아왔다

아이들이 밟고 지나간
뿔이 잘려나간 그 자리,
파릇파릇 새싹이 돋아난다

촛불

촛불도 없이 어떤 기적도 생각할 수 없이
나는 어두운 제단 앞으로 나아갔다
그때 난 춥고 가난하였다 연신 파랗게 언 손을 비비느라
경건하게 손을 모으고 있을 수도 없었다
그런데 얼마나 손을 비비고 있었을까
그때 정말 기적처럼 감싸쥔 손 안에 촛불이 켜졌다
주위에서 누가 그걸 보았다면, 여전히 내 손은 비어
있고 어둡게 보였겠지만
젊은 날, 그때 내가 제단에 바칠 수 있던 건
오직 그 헐벗음뿐, 어느새 내 팔도 훌륭한 양초로 변
해 있었다
나는 무릎을 꿇고 어두운 제단 앞으로 나아갔다
어깨에 뜨겁게 흘러내리는 무거운 촛대를 얹고

머리 흰 물 강가에서

봄날 강가에서 배를 기다리다 머리 흰
강물을 빗질하는 늙은 버드나무를 보았네
늘어진 버드나무 가지를 밀고 당기며
강물은 나직나직이 노래를 불렀네
버드나무 무릎에 누워 나, 머리 흰 강물
푸른 머리카락 다 흘러가버렸네
배를 기다리다 기다리다 나는 바지를
징징 걷고 얕은 강물로 걸어들어갔네
봄날 노래 소리 나직나직이
내 발등을 간지르며 지나갔네
버드나무 무릎에 누워 나, 머리 흰 강물
푸른 머리카락 다 흘러가버렸네

임방울

　삶이 어찌 이다지 소용돌이치며 도도히 흘러갈 수 있
단 말인가
　그 소용돌이치는 여울 앞에서 나는 백 년 잉어를 기다
리고 있네
　어느 시절이건 시절을 앞세워 명창은 반드시 나타나
는 법
　유성기 음반 복각판을 틀어놓고, 노래 한 자락으로 비
단옷을 지어 입었다는 그 백 년 잉어를 기다리고 있네
　들어보시게, 시절을 뛰어넘어 명창은 한 번 반드시 나
타나는 법
　우당탕 퉁탕 울대를 꺾으며 저 여울을 건너오는,
　임방울, 소리 한가락으로 비단옷을 입은 늙은이
　삶이 어찌 이다지 휘몰아치며 도도히 흘러갈 수 있단
말인가

어느 회의주의자의 일생

나는 廣場과 戰場을 항상 피해왔다
거기서 인간을 마주치기 때문이다
나는 내가 걸어온 길을 파랗게만 칠해왔다
아니, 그렇게 칠해진 길만 찾아다녔다고 해야 더 옳다
비둘기가 싸놓은 더러운 평화의 똥을 주우러 다닐 때
비둘기들이 안전함을 일러준 것이 그 길이다

나는 광장과 전장을 항상 피해왔다
거기서 인간을 마주치기 때문이다

우리들의 찐빵에 대하여

설레는 마음으로 늦은 저녁 당신과 마주앉았지요
진열장 유리 밖에서 처음 춤추는 당신을 보았을 때
둥글게 부풀어오르는 당신의 춤은 참 보기 아름다웠
습니다
설탕처럼 반짝이는 불빛 아래 둘러선 사람들은 듬뿍
동전을 던졌구요
난 그런 당신을 사모했습니다 내 발걸음은 늘 당신의
거리를 향했습니다만, 내겐 눈길도 주지 않고 포근한
그릇에
파묻혀 당신은 늘 무언가 골똘히 생각하는 듯했어요
짐작건대 거리 맞은편 진열장 속 그 행복이란 보석을
생각하지 않았겠어요? 그런데 오늘 가까이서 당신을
보니
퉁퉁 부어오른 당신의 발, 부어오른 당신의 얼굴, 오
오 당신은 부푼 것이 아니라
부르튼 거군요 춤을 추다 지쳐 그대로 주저앉아 빵이
된 거군요

나, 동백꽃 보러 간다

거긴 혁명가들이 우글우글 하다더군
오천 원짜리 음료수 티켓만 있으면
따뜻한 창가에 앉아
불타는 얼음 궁전을 볼 수 있다더군
거긴 백지만 한 장 있으면
연필 끝에서 연애가 생기고
아직도 시로 빵을 구울 수 있다더군
어느 유명한 사상가의 회고록도
거기서 집필됐다더군
고요한 하오에는 붉은 여우가
소리 없이 정원을 지난다더군
길의 방향은 다르지만, 폭주족들의
인생 목표도 결국 거기라더군
그리고 거기는 여전히 아름다운
장례의 풍습이 남아 있다더군
동남풍
바람의 밧줄에
모가지를 걸고는
목숨들이 송두리째
뚝, 뚝 떨어져내린다더군

나, 면회 간다
동백 교도소로

동백

어쩌자고 저 사람들
배를 끌고
산으로 갈까요
홍어는 썩고 썩어
술은 벌써 동이 났는데

짜디짠 소금 가마를 싣고
벌거숭이 갯망둥이를 데리고
어쩌자고 저 사람들
거친 풀과 나무로
길을 엮으며
산으로 산으로 들까요

어느 바닷가,
꽃 이름이 그랬던가요
꽃 보러 가는 길
山經으로 가는 길

사람들
울며 노래하며

산으로 노를 젓지요
홍어는 썩고 썩어
내륙의 봄도 벌써 갔는데

어쩌자고 저 사람들
산경 가자 할까요
길에서 주워
돌탑에 올린 돌 하나
그게 목 부러진 동백이었는데

동백 열차

지금 여수 오동도는
동백이 만발하는 계절
동백 열차를 타고 꽃 구경 가요
세상의 가장 아름다운 거짓말인 삼월의 신부와 함께

오동도, 그 푸른
동백섬을 사람들은
여수항의 눈동자라 일컫지요
우리 손을 잡고 그 푸른 눈동자 속으로 걸어들어가요

그리고 그 눈부신 꽃 그늘 아래서 우리 사랑을 맹세해요
만약 그 사랑이 허튼 맹세라면 사자처럼 용맹한
동백들이 우리의 달콤한 언약을 모두 잡아먹을 거예요
말의 주춧돌을 반듯하게 놓아요 풀무질과 길쌈을 다
시 배워요

저 길길이 날뛰던 무쇠 덩어리도 오늘만큼은
화사하게 동백 열차로 새로 단장됐답니다
삶이 비록 부스러지기 쉬운 꿈일지라도
우리 그 환한 백일몽 너머 달려가 봐요 잠시 눈 붙였다

깨어나면 어느덧 먼 남쪽 바다 초승달 항구에 닿을 거
예요

이야기 벌레들

과일이 살해되었다! 그때
격렬한 저항이 있었던 듯
유리창이 깨어 흩어지고
실내가 어지럽혀져 있었다
누군가 그 처녀지를
빠르게 통과해갔던 것이다

그리고, 그 누군가가 칼을
멀리 집어던진 것처럼,
그 과일은 이른 아침 언덕
너머 산책길 숲 가에서 발견되었다

나는 망설이다 발밑의 그것을
주워들어 상처를 닦아주었다
이제 가을의 많은 이야기들이
지나가버렸다 날씨와 건강과 여행, 그리고
최근에 발표된 어느 작가의 글에 대해서까지

숲 입구에서 나는 그만 돌아가기로
마음먹는다 숲의 논쟁에 끼여들기에

아직 내 건강은 좋지 못하다
그나저나 이 과일을 몇 등분해서 나눠
먹어야 하지? 어이, 거기 이 논쟁에 참여할 사람 ─

접시라는 이름의 여자

한때는 저 여자도 불의 딸이었다
불꽃이 그녀의 일생일 줄만 알았고
사랑만이 오직 불순물처럼
그녀의 일생에 끼여들 것으로 알았다

여자는 언제나 열심히 접시를 닦는다
거품 속에서 여자는 잠시 행복해진다
거품 속에서 잃어버린 반지를 찾은 것처럼,
접시의 당초무늬가 퉁퉁 불은 그녀의 손을 어루만진다

그런 그녀가 잠시 외출 나와 창가의
내가 즐겨 앉는 테이블에 앉아 책을 읽는
것을 보았다 잠시 나는 점잖게 미소만 띄워보냈다

여자의 손톱 밑에서 양파 냄새가 배어나오고
설사 그녀가 읽는 책 속에서 내가 싫어하는 카레 요리가
쏟아져나온다 했을지라도 그렇게 나는 미소만 띄워보
냈을 것이다

여느 성미 급한 손님처럼

종업원을 불러 이렇게 소리치지도 않았다
여기 이 먹다 버린 지저분한 접시 좀 빨리 치워주시지
않겠습니까?

단지 나는 맞은편에 조용히 다가가
넌지시 이렇게 속삭였을 뿐이다
부인, 지금 집에서는 위급 상황이 발생했답니다

오후 여섯시, 마요네즈 군대가 쳐들어온다
토마토 군대가 쳐들어온다
그 끔찍한 남편과 아이들이 쳐들어온다

동백이 활짝,

마침내 사자가 솟구쳐 올라
꽃을 활짝 피웠다
허공으로의 네 발
허공에서의 붉은 갈기

나는 어서 문장을 완성해야만 한다
바람이 저 동백꽃을 베어물고
땅으로 뛰어내리기 전에

검은머리 동백

누가 검은머리 동백을 아시는지요
머리 우에 앉은뱅이 박새를 얹고 다니는 동백 말이지요
동백은 한번도 나무에 오르지 않았다지요 거친 땅을
돌아다니며,
떨어져 뒹구는 노래가 되지 못한 새들을
그 자리에 올려놓는 거지요
이따금 파도가 밀려와 붉게 붉게 그를 때리고 가곤 하
지요
자신의 가슴이 얼마나 빨갛게 멍들었는지
거울도 안 보고 살아가는 검은머리 동백

동백의 등을 타고 오신 그대

동백의 등을 타고 오신 그대
꽃 구경 잘하셨습니까
정말 그곳에서는 꺼지지 않는
화염의 산이 사방을 밝히고
불사의 샘물이 흐르고 있습니까
동백국 나무숲에 어울려 사는 무리 중
정말 제 얼굴 닮은 원숭이가 있었습니까
아직도 그곳에서 악행을 일삼습니까
우리는 그댈 기다리며
검게 썩은 이빨로
마른 씨앗만 까먹고 있었습니다
정말 이곳이 옥토이고
쟁기질과 길쌈을 시작할 수 있습니까

미처 손으로 받을 새도 없이
가지에서 뚝 떨어져내리는
동백의 등을 타고 오신 그대

동백이 지고 있네

기어이 기어이 동백이 지고 있네
싸리비를 들고
연신 마당에 나서지만
떨어져 누운 붉은빛이 이미
수백 근 넘어 보이네

벗이여, 이 볕 좋은 날
약술도 마다하고
저리 붉은 입술도 치워버리고
어디서 글을 읽고 있는가
이른 아침부터
한 동이씩 꽃을 퍼다 버리는
이 빗자루 경전 좀 읽어보게

봄밤

낡은 봉고를 끌고 시골 장터를
돌아다니며 어물전을 펴는
친구가 근 일 년 만에 밤늦게 찾아왔다

해마다 봄이면 저 뒤란 감나무에 두견이 놈이 찾아와서
몇 날 며칠을 밤새도록 피를 토하고 울다 가곤 하지
그러면 가지마다 이렇게 애틋한 감잎이 돋아나는데

이 감잎차가 바로 그 두견이 혓바닥을 뜯어 우려낸 차
라네
나같이 쓰라린 인간
속을 다스리는 데 아주 그만이지

친구도 고개를 끄덕였다
옳아, 그 쓰린 삶을 다스려낸다는 거!

눈썹이 하얘지도록 서로의
이야기를 나누다 새벽 일찍
그 친구는 상주장으로 훌쩍 떠나갔다
문 가에 고등어 몇 마리 슬며시 내려놓고

사상누각

　처음 삶은 조금 불편할 뿐이었다 모래를 한 줌 깔아놓고 그 속에서 자기 몫의 모래 한 알을 가려내야 하는, 잠시 숨죽이고 들여다보면 세상에는 모래알만큼 많은 희망들이 있었다 한 떼의 사람들이 몰려와 아우성치며 살다 간 바닷가, 물결이 흘러와 또 한 세상을 흔적 없이 지워놓은 모래 위로 물에서 나온 벌거벗은 사내와 여자가 아이의 손을 잡고 걸어갔다 그들 뒤를 길게 따라가는 모래 발자국들 숙명처럼 따라가는 맨발자국들

　넓고 넓은 바닷가에 하룻밤 새 대체 누가 저런 고래등 같은 누각을 일으켜세웠을까 저렇게 많은 사람들이 모래알만큼 작아지면서 얼마나 많은 거짓말로 저 모래 언덕을 쌓아올렸을까

봄날

봄날 우리는 돼지를 몰고 냇가에 가기로 했었네
아니라네 그 돼지 발병을 했다 해서
자기의 엉덩짝 살 몇 근 베어 보낸다 했네

우린 냇가에 철판을 걸고 고기를 얹어놓았네
뜨거운 철판 위에 봄볕이 지글거렸네 정말 봄이었네
내를 건너 하얀 무명 단장의 나비가 너울거리며 찾아
왔네
그날따라 돼지고기 굽는 냄새 더없이 향기로웠네

이제, 우리들 나이 불혹이 됐네 젊은 시절은 갔네
눈을 씻지만 책이 어두워 보인다네
술도 탁해졌다네

이제 젊은 시절은 갔네
한때는 문자로 세상을 일으키려 한 적 있었네
아직도 마비되지 않고 있는 건 흐르는 저 냇물뿐이네
아무려면, 이 구수한 고기 냄새에 콧병이나 고치고 갔
으면 좋겠네

아직 더 올 사람이 있는가, 저 나비
십 리 밖 복사꽃 마을 친구 부르러 가 아직 소식이 없네
냇물에 지는 복사꽃 사태가 그 소식이네

봄날 우린 냇가에 갔었네 그날 왁자지껄
돼지 멱따는 소린 들리지 않았네
복사꽃 흐르는 물에 술잔만 띄우고 돌아왔네

山經 가는 길

저 행복한 동물원 가족들
귀여운 토끼 귀, 쫑긋과
앙증맞은 여우 신발, 사뿐이
엄마 아빠 손을 잡고
동백꽃 보러 간다

아빠, 동백은 어떻게 생겼어요,
곰 아저씨처럼 무서워요?

동백은 결코 땅에
항복하지 않는 꽃이란다
거친 땅을 밟고 다니느라
동백의 발바닥은 아주 붉지
그런 부리부리한 동백이
앞발을 번쩍 들고
이만큼 높이에서 피어 있단다
동물원 쇠창살을 찢고
집을 찢고
아버지를 찢고
나뭇가지를 찢고 나와

이렇게
불끈,

모두 산경에 나오는 이야기란다

기타

내가 기타를 처음 산 건 열일곱 살 때였다
기타 줄은 여섯 개, 공명통엔
비둘기집처럼 아름다운 구멍이 뚫려 있었다

나는 기타를 치며 노랠 불렀다
그러나 내가 즐겨 부른 노래는
오, 아름다운 우리 비둘기의 집,이 아니었다
기타 구멍 속에서 내가 꺼내길 바랐던 건
젊음을 빛낼
침대와
맥주 거품과
춤추는 구두였다

비둘기집 같은 다락방에서 기타를
부숴버리고 뛰쳐나간 게 열일곱 살,
그해가 다 가기도 전이었을 것이다

그리고 많은 시간이 흘러가버렸다
많은 날들을 방황하다 내가 조금이나마
삶을 이해하고 끌어안게 된 건 그만큼 훗날의 일이다

나는 비둘기집 같은 작은 집을 얻었다.
거기서 아내와 아이 둘과 살고 있으니
기타 구멍 속에서
나는 그 중 나은 행운을 꺼낸 셈일 것이다

내가 기타를 처음 손에 만진 것이 열일곱 살 때였다
기타 이름은 세고비아 기타
기타 줄은 여섯 개 ─음악적으로 논하자면 줄 하나
끊어진 일곱 색깔 무지개
그 가운데 구멍은 우리 비둘기의 집

山經에 가서 놀다

이 숲속에 얼굴 붉은 짐승이 살고 있어
그를 모든 짐승의 왕이라 했다
그가 한번 울부짖으면
여우의 머리가 산산이 부서져버린다 했다
그는 아직 눈에 띄지 않았다
우리는 그를 구경하기 위하여
숲 입구에서 벌써 백 리나 뒤쫓아왔다
돌아보자니 숲은 참으로 장엄했다
수만 근 무게의 구리 기둥 같은
아름드리 나무가 여기저기 쓰러져 누워 있고
한 번에 수백 명의 밥을 지어 먹이던
녹슨 쇠솥이 언덕에 뒹굴고 있었다
우리는 이리저리 숲속을 돌아다녔다
그러나 좋은 시절은 쉬이 만날 수 없는 법,
긍휼한 우리들 중 몇몇은 숲 그늘에 앉아
춤추고 노래하고 이끼 낀 누대에
앉아 잠든 돌사자를 어루만지기도 하였다

동백아,
이제 그만 나무에서 내려오려무나
꽃으로 돌아가자

봄날을 가는 山經

이그, 저기 가는 저것들 또 산경 가자는 거 아닌가
멧부리를 닮은 잔등 우에 처자를 태우고
또랑물에 적신 꼬리로 휘이 휘이 마른 들길을 쓸고 가
고 있는 저 牛公이

어깻죽지 우에 이름난 폭포 한 자락 걸치지도 못한
저 비루먹은 산천이 막무가내로 봄날 산경 가자는 거
아닌가
일자무식 쇠귀에 버들강아지 한 움큼 꽂고 웅얼웅얼
가고 있는 저 풍광이

세상의 절경 한 폭 짊어지지 못하고 春窮을 넘어가는
저 비탈의 노래가 저러다 정말 산경의 진수를 찾아 들어
가는 거 아닌가
살 만한 땅을 찾아 저렇게 말뚝에 매인 집 한 채 뿌리
째 떠가고 있으니
검은 아궁일 끌어 묻고 살 만한 땅을 찾아 참을 수 없
이 느릿느릿 저 신선 가족이 가고 있으니

병뚜껑

분명 저 여자는 그 동그란 입술을
재빨리 닫지 못했던 것 같다 삽시간에
그 육체의 더운 내용물이 흘러나와버렸으니

어느 목격자는 저 여자에게 갑자기 사슴이
뛰어들었다고 말했다 급하게 숨을 곳을
찾기 위하여 그 사슴이 저렇게 피로 변했다고
구경하는 사람들도 고개를 끄덕였다
그래 그렇게 무지막지한 자동차가 함부로
저 여자에게 뛰어들었다고 생각할 순 없는 일이야

여자의 꺾여진 목은 유난히 희고 깨진
무릎 위로 하얀 레이스의 속옷이 얼핏 보인다
가슴 앞 단추들은 그 육체의 파탄에도
흩어지지 않고 여전히
가지런하고 완강하게 붙어 있다
그렇다 저 육체는 어떤 경우에도 저렇듯 품위와
자제력을 잃지 않도록 준비되어 있었다

그러고 보면 인생은 탄식의 연속인 것이다

저처럼 한마디 비명으로 삶이 끝날 수 있는데도
놀라움과 기쁨과 슬픔 따위의 육체의 서랍을
그토록 많이 달고 열어 보여줄 수 있으니

그리고 횡단 보도 밖으로 튕겨나간 저 하이힐을 보라
참 신기한
구름이기도 하다 조금 전까지 어떤 처녀의 발을
사로잡던 마술 상자였던 자신을 까마득히 잊은 듯
도로 옆 화단에 처박혀 콧등에
앉은 나비와 희희낙락하고 있으니

누군가 앰뷸런스를 부른다
우선 저 여자를 덮을 시트가 필요하다
얼굴만이라도 덮을 모자도 좋다
하지만 아무래도 그때,
그 동그란 입술을 덮을 만한
병뚜껑이 운명의 손길이 닿는 곳에 있었어도……,
나는 그 병뚜껑만도 못한 시를 옆에 놓고 지나간다

향일암 애기 동백

새해 첫날,
해돋이를 보기 위해
향일암엘 올랐을 때 이야긴데요

해를 놓칠까 하는 조바심으로 진작에
마음의 일천팔십 계단 무너져내리고
그 험한 바윗길 틈에서 헤매고 있었는데요

더욱 급해진 마음에 그만 바윗돌 틈 애기 동백까지 깨
우게 됐는데요
선홍빛 뺨의 애기 동백,
눈 비비며
그 이름난 향일암 돌문을 열어주는데요

새해를 맞기 위해 바다는 반짝반짝 닦여 있고
어항에 묶여 있던 고깃배들 그 좁은 돌문을 통해
먼바다로 빠져나가고 향불과 경 읽는 소리도 빠져나
가고

이윽고 바위에 그려져 있던 고승 대덕의

이마가 환히 밝아오기 시작했는데요 그래서
애기 동백을 깨운 미안함도 조금은 가셔졌는데요

총알

이 표적을 향해
날아간다
근대의 혼혈아인
납탄 덩어리가
격발의 이름으로
금속인 아버지를 찢고 나와
날아간다
성자들을 방목하는
양들의 목장을 지나
파충류들에 말을 가르치는
이데아 늪을 건너
날아간다
어느 무명 여배우의
붉고 뾰족한 입술로 씌어진
가난한 거리의
천사의 시를 위해
한 방의 총성으로
지옥을
천국으로 바꾸기 위해
날아간다

구름과 모자의
평화를 위해
새들의 육체와의
즐거운 논쟁을 위해
날아간다
아버지를 더 세게
찢어발기기 위해
전쟁과 살인
청부업자로부터
더욱 멀어지기 위해
날아간다
날아간다
가슴 아래 검은 별
한 방의 총성을 움켜쥐고

관음이라 불리는 향일암 동백에 대한 회상

무릇 생명이 태어나는 경계에는
어느 곳이나
올가미가 있는 법이지요
그러니 생명이 탄생하는 순간에
저렇게 떨림이 있지 않겠어요?

꽃을 밀어내느라
거친 옹이가 박인 허리를 뒤틀며
안간힘 다하는 저 늙은 동백나무를 보아요

그 아득한 올가미를 빠져나오려
짐승의 새끼처럼
다리를 모으고
세차게 머리로 가지를 찢고
나오는 동백꽃을 이리 가까이 와 보아요

향일암 매서운 겨울 바다 바람도
검푸른 잎사귀로
그 어린 꽃을 살짝 가려주네요

그러니 동백이 저리 붉은 거지요

그러니 동백을 짐승을 닮은 꽃이라 하는 것 아니겠어
요?

山經을 비추어 말하다

세상에는 등에 거울을 지고
다니는 사람도 있단다

경 없이 가는 길,
그것이 문자의 운명인데도

너희, 거북이 아저씨 알지?
자신의 등을 구워
문자를 만드는 사람,
우리 동네 시인
같은 사람 말이다

그런 거울 백 개를
모을 수 있다면
산경을 두루 비출 수 있다 했단다

아이스크림

결국 그것은 간단히 치워졌다 상황은 이렇다 식탁 위에 먹음직스런 아이스크림이 있었고 눈에 띄자 아이들이 재빨리 그걸 퍼먹은 것이다

아이들 옷과 얼굴은 크림 얼룩이 묻고 식탁은 금세 더러워졌지만 그것은 아이들 탓이 아니다

본래 아이스크림은 눈 깜짝할 새 녹기 쉽고 상하기 쉬운 법이다 아이들 몸은 시간의 어느 방향으로 튈지 예측할 수 없는 주사위와 같다

가령 시가 양털로 짠 아름다운 방패라든가 인생을 스무 마리 양으로 포위할 수 있을 거란 우스개 이야기는 아이들에겐 아무짝에도 쓸모 없는 훈계인 것이다

식탁은 깨끗이 치워졌고 대신 창문에 있던 꽃병을 가까이 옮겨놓았다 귀기울여보라 악담은 언제나 시들지 않고 소곤소곤 피어나는 것이니

동백 선생

내가 남도로 선생을 찾아간 것은 어느덧
삼월도 다 지난 어느 햇살 맑은 봄날이었다

그 깊은 내력을 알 수 없지만 선생은 의서와
역서를 읽는 분이었다 어쩌다 소문을 듣고
찾아오는 사람들의 뼈를 맞춰주거나 응혈을
풀어주기도 하고 몇몇 종자를 구해와서는
절기에 따른 파종법을 가르치기도 하였다
분명한 것은 선생은 해마다 돌배를 타고
혹독한 겨울 바다를 건너와 천기를 살피며
근심하다 봄빛이 완연해지면 떠나간다는
사실이었다 어느 해인가 난리가 났을 때는
탄식 끝에 배를 바다 밑에 끌어 묻고 꽃을 뿌려
손수 펼친 陣法 속에 한동안 은거하기도 했다

내가 가던 날, 아직 배는 문밖에 매어 있으되
오랫동안 선생의 기척은 없었다 드디어 조바심을
참지 못한 성미 못된 내 마음속 원숭이들이
가슴을 긁으며 가르릉거렸다 선생은 어디 계시는지
이제 정말 봄빛이 완연하다 나는 한동안 서성이다

인근 사람들이 일러준 대로 우선 눈에 띄는
소똥 묻은 돌멩이에 다가가 여쭀다

안에 동백 선생 계십니까?

이른 아침 창가 나뭇가지에
동백이 앉아 있었네

잠을 깨니, 이른 아침 창문을 넘어 들어온 나뭇가지에
동백이 앉아 있었네 과연 동백은 매우 붉었네
귓바퀴는 삼백 근 무게의 바위 덩어리를 올려다붙인
듯이 쟁쟁하고
눈초리는 눈비를 몰고 다니는 시커먼 구름처럼 꿈틀
거리고
주둥이와 턱은 날곡식을 씹는 화강석 맷돌처럼 야멸
차 보였네

전하는 말에 따르면 동백이 나타나면 그 붉은 기운이
사방 수백 리에 뻗치고 그해의 액운과 질병을 두루 물
리쳐
준다 하지 않던가 내게서도 좋지 않은 그 무언가를 덥
석 물어가버리길 바라며
나는 두통과 불면이란 말을 휘갈겨 써 동백 앞에 슬쩍
밀어놓았네
내 몸이 이렇게 아픈 것도 불로와 불사에 대한 그 비
린내 나는 열망과 근심 때문이 아니겠는가

다시 얘기하거니와 정말 나는 놀랐네 이른 아침 동백

이 나뭇가지에 올라앉아 홀연히 나를 내려다보고 있었
으니

　이거 꿈이 아닌가 나는 살을 꼬집어봤다네 이제 동백
이 나타났으니 피 묻은 별이 사라지고

　십 리 밖 남산의 때아닌 불길한 개구리 울음 소리도
멎고 변방의 그 오랜 싸움도 그치고 기근도 물러가리
니……

　아니라네 아니라네 나는 꽃 한 송이에 미혹되어 또 동
백의 헛것을 이야기하고

　있음이 분명하네 나는 찬물로 세수를 하고 돌아와 이
렇게 몇 자 편지를

　고쳐 적네 ― 동백의 혀는 붉으나 공명과 불후를 노
래한 적 없고

　이때껏 수많은 동백의 몸이 나타났으나 결코 인간과
세간에 깃들인 적이 없었노라

담쟁이넝쿨이 동물 해부학을 들여다보다

오후 세시, 동물 병원은 고요하다 뚱뚱한 의자와 털이
잘 빗겨진 의자와 리본과 방울을 단 의자와 발톱에 빨간
매니큐어를 칠한 의자가 둘러앉아 소곤거리고 있다 오
늘은 출장 진료도 없었고 전화 벨 소리도 조용하다 수의
사 김표상 원장은 줄곧 동물 해부학을 들여다보고 있다
시를 담기 위한 여우의 뇌 무게가 얼마나 되는지, 창문
을 넘어온 담쟁이넝쿨이 푸른 장미를 봉합하려다 실패
한 수술 가위와 바늘과 핀셋을 끊임없이 간섭하고 있다
그리고 보니 오늘 한 번의 진료가 있었다 모호한 관념과
상상력으로 두통이 심한 환자 자, 미스터 도그 氏 눈을
크게 뜨고 똑바로 보세요

나비經은 언제 오는가

인가와 저잣거리를 헤매며 나는 묻는다 살 만한 땅은 어디를 가야 하는가

어두운 경전의 숲을 더듬으며 나는 또 묻는다 아름다운 문자의 땅, 산경은 어디인가

詩의 家係에서 태어난 아이들은 저리 천진난만하건만

너덜거리는 구두經의 삐죽 나온 발가락을 세어보며 묻고 또 묻는다 진짜 살 만한 땅은 어디를 말함인가

아슬아슬한 시의 경계를 넘어가다 거친 문자에 잡아먹힐 것쯤 각오한 지 이미 오래건만

폐허로 아름다운 이 땅에도 저렇게 봄은 오는데, 나비경은 언제 오는가 보리경은 언제 그 푸른 잎맥을 밀어올리는가

탱자나무 울타리가 있는 과수원

노란 택시를 타고 가을이 왔다 그런데 그렇게 앳된 가을은 처음 보았다 가을은 최신 유행의 결혼 예복을 입고 있었다 새 손목시계 새 구두 노랗고 산뜻한 나비 넥타이가 따분한 인생으로부터 달아나려는 그를 간신히 붙들고 있는 것처럼 보였다

새 구두에 달라붙는 흙을 피해가면서 그 얼뜨기 가을은 길을 몰라 한동안 과수원 입구에서 서성거렸다 그때 나는 보았다 탱자나무 울타리 너머 사과의 이마가 발갛게 물드는 것을

이윽고 가을이 울타리 너머 손을 뻗었다 찌를까, 찌를까, 탱자나무 가시의 망설임이 역력해 보였다 그럴 법도 했다 사과를 키운 건 가시이고 그 가시의 손으로 바람 속에서 요람을 흔들고 과육을 씻겨주었다

그렇다 이젠 다 자라 그 과육의 치수랄지 가슴에 있을 앙증맞은 태양의 흑점 같은 비밀스런 이야길 탱자나무 가시가 아니라면 누가 들려줄 수 있겠는가

그런 것을 아는지 모르는지 탱자나무 가시는 여전히 마무리 바느질에 바쁠 뿐이다 사과를 따가기 전 과육에 입힐 최후의 盛裝을 끝내야 했기에

아, 그러나 청춘에 무슨 죄가 있으랴 가을은 이미 사

과의 단맛을 맛보았고 삶의 서약 따윈 이미 이 계절로부
터도 저렇게 멀리 뒷걸음쳐 달아나 있으니

목 부러진 동백

이제 나는 돌부처의 목 부러진 이유를 알겠다
부러져 뒹굴며 발끝에 채이는
미소의 이유를 알겠다

내 안에서 서로 싸우는 짐승들 또한 그렇다
그래, 너희들, 그렇게 싸우는
분명한 선악의 경계가 있는 것이냐

人面과 獸心 중 분명한 승자가 있는 것이냐
오늘은 아예
인면이나 수심의
어느 한쪽 얼굴이 아닌
두루뭉수리 인면수심의 얼굴로 돌아다녀야겠다

그러다 인면수심마저 내려놓고
불로와 불사마저 벗어버리고
떨어져나간 목 위에 동백이나 얹어놓아야겠다

그래
그래,

고개를 끄덕이며 지나가는 건들바람들
너희도 목 부러지겠다

외투

처음 우리는 거뭇한 그것이 누군가 내다버린 트렁크인 줄만 알았다

가까이 다가간 우리는 그 우스꽝스러운 모습을 보고 웃음을 참을 수가 없었다

무언가 아주 신성한 것을 소유하고 있기나 한 듯이, 이를테면 성경을 싼 검은 가죽 케이스처럼

무릎까지 내려오는 낡은 외투 한 벌이 부랑자를 꼬옥 안고 누워 있었다 턱까지 단추를 채우고 팔과 다리를 오그려 넣어 트렁크처럼 등을 부풀린 채,

이른 아침, 추운 날씨 때문에 우리는 곧 그 자리를 뜨지 않을 수 없었다

마치 그것이 쉽게 열 수 없는 입을 꽉 다문 조개나 달팽이 껍질이기나 한 듯이,

누구나 한 번쯤 그 앞에 불려가 시험받았을 법했다 분주히 사람들이 오가는 지하도 입구에서

동백國에 배를 띄워보내다

壬申年 음력 동짓달 초하루, 파도가 잦아들자 동백국으로 떠나는 배를 띄웠다 배에는 가축과 곡식 검은 부싯돌과 흰 물을 실었다 가축과 곡식은 외눈이 반쪽이 쭉정이 따위의 불구이거나 이름이 없는 무명의 것들로 동백국에 가서 그들의 병을 씻어주고 귀한 이름의 종자로 얻어올 작정이었다 배는 쉼 없이 나아갔다 그러나 동백국 길은 얼마나 멀고 험하던가 마침 배에는 사람을 곧잘 흉내내고 사람의 마음에 붙어사는 원숭이 놈이 있어 배가 기우뚱거리면 몸에서 뛰쳐나온 그것이 뱃머리에 앉아 하루 종일 울어대곤 하였다 도중에 몸은 비늘에 덮이고 머리는 노인의 얼굴을 닮은 魚伯이라는 이름의 기이한 물고기를 잡았다 뱃길의 안녕을 빌고 풍어를 약속한다 하여 하루는 다섯 번을 잡았다가 다섯 번을 놓아주기도 하였다 아, 그러나 뱃길은 어둡고 사나워 마침내 동백국에 다다랐을 때는 태반의 가축과 곡식들이 병들어 죽거나 썩어 있었다

동백 대왕 신종

辛卯年 九月, 동백국 가는 뱃길에 커다란 종 모양의
물 언덕이 나타났다
뱃머리로 부딪쳐 나아가니 웅장한 종 소리가 났다
어부들은 동백국이 보낸 神物이라 하여 크게 기뻐하고
그물로 끌어와 땅을 다져 단을 쌓고 그 물 언덕을 세
웠다
그리하여 흉어기일 때면 어부들은 바다에 나아가지
않고
그 언덕에서 물고기를 구하였다 이 소문을 듣고
사방에서 矜恤들이 모여들어 살게 되었으니
마침내 긍휼의 수가 萬戶를 넘게 되자
언덕에 쇳물을 입혀 이를 기리게 하였다
때마침 피리를 불며 어디선가 아름다운 두 마리 새가
나타나 춤을 추며 즐거워하였으니,
그게 바로 그 신종에 새겨져 지금껏 날고 있는 봉황이
었다

뜨개질

아가야, 우선 식탁을 짜고
둥글고 하얀 접시를 짜고
멀리서 떠도는 너희 아버지의
모자와 모자 위의 구름을 짜고
그리고 아버지의 닳고 닳은 구두를 짜고

아가야, 네게는 무엇을 짜줄까
그래, 네가 갖고 싶은 것
그 무언가를 담을 수 있도록
커다랗게 너의 몸을 짜주마

뜨개질, 그 후

그리하여 커가는 아이의 치수에
맞춰 얼마나 많은 기다림을 짜고
풀어내고 짜고 풀어내고 하였던가

세월이 흘러도 그 집은 오래도록 불빛이 꺼지지 않았다
언젠가 나도 그 앞을 지나가다 불빛에 들킨 적 있다
거기 문밖에 누가 와서 울고 있니?
희망이냐, 희망이냐?

불빛은 미동도 없이
고요히 타오르고 있었다
뜨개질은 멈출 수 없는 일이었기에

그때의 그 나지막한 읊조림을 무어라 할까
창문의 그 꺼지지 않고 옹송그리는 그림자를
세상의 모든 여자들의 입술을 지나가는 길들의 노래를

아이스크림을 휘젓다

저 꽝꽝 얼려 있는 고깃덩어리가 권태가 아니라면 무
엇일까
그리하여 그 굳은 것을 비유로써 회유시킬 수 없다면,
소금과 향료를 뿌리고 기름을 발라 구워내고 씹어먹
는 식도의 길이 종교가 아니라면
어깨 위에 앉아 끊임없이 갸릉거리는 늙은 고양이가
구원이 아니라면
밟을 때마다 비명을 지르며 튀어오르는 마룻장이 기
쁨이 아니라면
광대처럼 흰 낯짝의 접시를 앞에 놓고
움푹 패인 숟가락으로 게걸스레 퍼먹는 저 식사 모습
이 장례의 풍습이 아니라면

외투가 얼어 죽었다

노숙자 외투씨가
얼어 죽었다
지난밤 갑자기 몰아닥친
한파를 이겨내지 못하고
혁명 만세!
그 지긋지긋한
알코올 중독증이
밤새 줄행랑을 쳤다
식당을 기웃거리던
그 집요한 식탐도
감긴 그의 눈의
지평 너머로 사라졌고
게으를 수 있는
그의 천부의 권리도
손톱 밑 검은
때로 숨어들었다
이제 모든 게 옛 시절로 되돌아갔다
그의 시야에
구불구불하게
사로잡혀 있던 거리와

우중충한 건물들도
반듯한 길과
신호를 되찾고
반짝이는 타일과
유리창을 되찾았다
동물 보호론자들로부터
수백 번의 구타에도
끄덕 않는 질기디질긴
양털 가죽옷이란
찬사도 소리 없이 거둬졌다
이른 아침 아홉시
시청 복지과에서 나와서
그의 주검도 흔적 없이 치워졌다

나비의 꿈

방에 밀어넣어진 나는 곧 낡고 더러운 침대와
마주했다 많은 사람들이 여기서 그 불면의 늪에
빠져 괴로워했으리라 침대에는 몸부림치다 패인
웅덩이가 무슨 얼룩처럼 널려 있다 어쩌면 침대에는
그 악몽을 물어뜯고 산다는 악어가 살고 있는지도 모
른다

나는 조심스럽게 침대에 몸을 밀어넣는다
함부로 발을 뻗으면 어느 수초 밑에서
발바닥 시를 쓰던 물고기를 깨울 수도 있다

그럼 어떤 식으로 잠을 자야 할까
이 침대가 시를 만드는 침대라면 군말 많은
내 시의 경우도 침대 밖으로 삐죽 나온 다리가 잘려나
갈지도 모른다

침대는 끊임없이 불안하게 삐걱거린다
이제 시가 노래가 되고 노래가 시가 되던 나비의 꿈은
영 들지 않는 것일까 나는 침대 속으로 더욱 자맥질해
들어간다

그러다 문득 깨어나면 가파른 지붕 위나 첨탑
혹은 언덕 끝에서 이 침대가 발견될지도 모른다
그렇게 나는 생을 등뼈로 밀어나갈 수밖에 없다

자정이 지난 지금 세상은 장님의 시간, 도시는
칠흑에 싸여 있고 소리 없이 세기말이 거리를 지나가
고 있다
조금 눈을 붙여두자 첫 기차를 타기 위하여 여관 주인
에게
다섯시에 깨워주도록 일러두었다 새벽이면 길을 떠나
야 한다

살구나무

키가 더 이상 자라지 않자 그는 곧
자신이 도끼에 등을 다쳐 크지 않는
동구 밖 살구나무와 같은 신세라는 걸 깨달았다
그는 동네 어귀에 삼 년 동안 아무렇게나
세워져 있었다 장난 삼아 그의 허리 아래로
붉은 페인트칠이 칠해졌다 그래서 얻은
그의 별명이 우체통이었다 그 자리에서
그가 깨달은 건 사랑의 편지는
독약으로 씌어진다는 것이었다
그는 때 전 구름모자를 쓰고 다녔다
아니, 그땐 혁명기였기 때문에 구름모자가
그의 머리를 뒤집어썼다고 해야 옳은 말이다
그는 한때 도시로 나가 '매미'라는 애칭의
유부녀와 사귀었다 그녀는 싸구려 밤무대 가수였다
후에도 그의 키는 성장하지 않았다
그의 굽은 척추를 의사는 삶의 구조적인
문제일 거라고 했다 그럴 법도 했다
그가 생전에 눈으로 지켜본 새로운 법이나
제도로는 미미 인형에게 인격권과
투표권이 부여된 정도일 것이다

그러나 최근 지구상에서 감기가
멸절됐다는 의학 보고서를 그가 보았다면
이 세계가 조금씩 개선되고 있다고 여겼을 것이다
수많은 행운이 포장된 채
그의 삶을 기웃거렸지만 그는 결코,
그 상자의 의미를 깨닫지 못했다
인생이란 그런 것이다
유리창을 닦고
화단에 물을 주고
손님들의 신발을 가지런히 정돈하던 그는
한낱 이름 없는 시골 여관 주인으로만 기억될 것이다
그의 얼굴을 똑똑히 기억하는 사람도 없을 것이다
가끔씩 그가 왜 빙긋이 웃었는지는 더욱 깨닫지 못할
것이다
희망이 난무하던 시대,
진정으로 불행의 얼굴을 만났던 행복했던 그 사내

金사슴

어쩔 수 없이 그 타고난 이상으로 하여
최초로 머리에 뿔이 있었던 사람
사슴의 신분으로 태어나
사자의 학교를 다니고
평생을 가둔 우리와 싸운 사람
그 유별난 이름으로 김사슴이 아닌
화려한 금사슴으로 종종 오인되곤 하던 사람
결국 그 뿔의 영광으로 하여
사냥꾼들의 표적이 되었던 사람
만년에는 산으로 돌아와
나무와 벌레와 들꽃의 뿌리에
사슴의 똥을 나누어주었던 사람
어이 거기 누구신가, 거긴
또 누구신가 ─ 되돌아오는 메아리를 벗삼아
사슴의 민둥산에
도토리 알을 심어나가던 사람
어느 가을날 문간에 앉아
그리운 사람의 편지를 읽다
추적자들의 납탄알을 맞고
쓰러져간 비운의 운명, 金사슴

이지 라이더

우산을 버리고 택시 안으로 뛰어들었을
때가 자정 십 분 전, 윈도 브러시가 쉴새없이
차창 빗물을 털어내고 있었다. 이 도시 신호 체계는
엉터리지요 택시 기사는 신호등을 무시하고 마구 내
달렸다

그때 뒤에서 폭주족들이 나타났다
그들이 탄 오토바이는 바퀴가 세 개씩이었다
얼마나 빠른지 바퀴 속에서 돌덩어리들이 튀어나왔다
── 롤링 스톤스, 나도 그 전설적인 록 밴드에 대해 들
은 적 있다
그 중 하나가 택시에 바싹 붙은 채 주먹을 휘둘러 보
였다
내 이름은 블랙 해머, 이 도시의 파괴자지
그 자식은 검은 부츠, 검은 가죽옷을 입고 있었다
한때 혁명으로 이 거리가 흘러넘친 적이 있다
그때 그런 복장은 혁명의 상징이었다 지금도 그 혁명의
흔적처럼 도시의 지붕엔 금빛 도금이 곳곳에 남아 있다

그 자식은 무어라고 계속 지껄였고 등짝엔 플러그 기

타처럼

　날렵한 계집애가 달라붙어 있었다 빗물이 그 애의 검은 마스카라,

　검은 입술에 조화처럼 번들거렸다 그 여자애가 나를 보고 씽끗 웃었다

　난 유황불의 딸이었어요 엄격한 사설 감옥에서 태어났죠

　나의 학교는 맨홀 속에 있어요 바보가 아니라면 누구도

　그 속에 빠질 리 없죠 엄마는 심벌즈의 유방을 가리라고만 해요

　난 스피드와 결혼하고 싶어요 달리면서 애를 낳고 길에서 죽고 싶어요

　난 심장이 멈출 때까지 내 인생의 드럼을 칠 거예요

　에이 저것들, 기사는 핸들을 꺾었고 갈라진 거리에서 택시는

　그들과 헤어졌다 막가는 것들이야, 기사는 신경질적으로 말했다

　도시는 곧 떠내려갈 것 같았다 납과 구리의 비가 쉴새없이

도시 지붕을 두들기고 있었다 그러나 다른 생각도 잠
시, 교차로에서 그들이 또 따라붙었다

내 이름은 해머야, 이 도시의…… 그들이 탄 오토바이
는

바퀴가 세 개씩이었다 나는 그 바퀴에 대해 들어본 적
있다

그 바퀴들 중 하나는 이 세계를 구하러 다닌다는 구르
는 성자일

것이었다 자정이 되었다 멀리 삼층에서 누군가를 기
다리던

그림자가 막 창문을 닫고 있었다 택시는 속력을 냈다

주름살

난 당신의 얼굴에서 보았어
눈가에 난 작은 주름의 오솔길을
이제 눈을 떠봐
옛날엔 당신의 눈빛
검은 목화꽃 같았지
그때 내 옷 내 목도리 내 청춘
모두 당신의 눈빛으로 짠 거였어
오늘에야 결심이 섰어
눈가의 그 희미한 오솔길 따라
당신을 만나러 가기로
아니야, 아니야, 옛날엔 그러지 않았지
난 그냥 창문을 뛰어넘었지
기쁨이 달아나지 않도록
침대의 사지를 꽉 비끄러매었지
그땐 침대에 양가죽을 씌우는 게 유행이었어
그리고 우린 손을 잡고 어둠 속 앞으로만 달렸지
그게 사랑이라고 믿었어
그런데 무엇이 잘못되었을까?
어둠 속에서 더듬거리며 찾던 뜯겨나간 금박 단추
나비무늬를 눌러 붙인 제비꽃 향의 손수건

구시대 문법에 맞춰 써보낸 몇 장의 편지
잃어버린 것이 그것뿐일까
젊음을 지켜주던 정원의 시계는 누가 시간을 맞춰주
었을까
그토록 미뤄왔던 우리들 결혼식 예복은 누가 입었을까
좋았던 시절은 이제 모두 떠나버렸지
갑자기 내 손은 왜 이리 늙어버렸지?
당신은 얼음처럼 차가운 붕대에 싸여 있고
혁명을 조롱하던 내 이빨은 검게 썩어버렸어
눈을 떠봐
눈을 떠봐 내가 왔어
내 머리카락은 아직도 푸른색이야
아직도 머리 위엔 뜨거운 화로를 얹고 다녀
여전히 내 별명은 난폭한 '검은 사슴'이야
아니야, 사실 그건 거짓말이지
담배를 끊을 수 있단 말처럼,
담배 연기는 내 최후의 무기야
그 뾰족한 구리 연기로 훗날 시를 쓸 거야
혁명은 끝났어, 이제 주먹을 쥐고 흔들지 않을 거야
내 목에 둘러 있는 목도리가 그 복종의 표시야

눈을 떠봐
다시 한번 창문을 열어봐
우리 다시 침대로 달아날까?
침대가 부서졌어도
난 절뚝거리며 갈 수 있어
눈물 흘리지 마
오, 그 눈물로 길을 지우지 마
거울 앞으로 되돌아가지 마

검은머리 동백, 시인의 숙명적인 부조리

김춘식

송찬호의 세번째 시집에 해당하는 이번 『붉은 눈, 동백』 시편은 여러 가지 면에서 이전에 발간된 두 권의 시집 『흙은 사각형의 기억을 갖고 있다』(민음사, 1989)와 『10년 동안의 빈 의자』(문학과지성사, 1994)의 특징을 여전히 지니고 있으면서 동시에 그것을 초월하고 있는 시집이다. 이런 생각은 『붉은 눈, 동백』 시편에서 그가 보여주고 있는 언어적 자의식과 시의 본질에 관한 집요한 사유가 그의 시적 내력 안에서 스스로의 한계를 넘어서는 새로운 '변화의 계기'를 만들어냈다는 뜻이기도 하다. 『흙은 사각형의 기억을 갖고 있다』가 현실과 인간의 실존적 조건에 대한 한계 의식을 주요한 모티프로 삼고 있다면, 『10년 동안의 빈 의자』는 실존과 언어의 괴리에 대한 도전을 시적 화두로 삼고 있다.

이 두 권의 시집은 이런 점에서 서로 대조적이면서도 동일한 하나의 기원을 가지고 있다. 근대적 미학에 비추어 보면, 송찬호는 '존재의 집'과 '언어의 감옥' 사이를 오가면서 자신의 시적 인식을 실험하고 있는 셈이다.

송찬호는 『흙은 사각형의 기억을 갖고 있다』에서 물질적 현상계와 '삶'이라는 '세계'의 감옥 속에 갇힌 '존재'의 탈출구이자 '소통의 통로'로서 '언어와 시'를 바라보는 인식을 확연히 드러낸다. 그리고 두번째 시집인 『10년 동안의 빈 의자』에서는, 그런 형이상학적인 존재론을 '언어에 대한 한계 의식'을 통해서 표현해낸다. 결국, 첫번째 시집이 시적 구원에 대한 신뢰를 바탕으로 삼아 언어를 '존재의 집'으로 바라보는 인식이 중심을 이룬다면, 두번째 시집은 그런 언어의 한계에 대한 구체적인 자각과 도전을 보여주는 시집이다.

"말, 닿으면 부패하는/감옥이 되는/그러나 매혹될 수밖에 없는"(「술, 매혹될 수밖에 없는」, 『흙은 사각형의 기억을 갖고 있다』, p. 52)이라는 시 구절처럼, 첫 시집에 실린 「불구의 집」「머뭇거리다가 너는 그 구멍을」「말의 폐는 푸르다」「말은 나무들을 꿈꾸게 한다」「공중 정원 1·2·3」 연작 등의 작품들은, '사물과 언어' 사이에서 자신의 존재를 탐구하는 시인의 양면성을 보여준다. 이 양면성은 언어에 대한 매혹과 부패·왜곡을 모두 체험하고 있는 존재의 모순을 암시한다. 사물의 본질을 '직관'하지만 그러한 직관은 말로 표현되는 순간, 즉 의미에 '닿으면' 부패해버리는 '언어의 감옥' 안에 있다. 매혹될 수밖에 없는 '존재의 집'이지만 또한 언제나 '부패한 감옥'이기도 한, '말의 세계'에 대한 시적 자의식을 단적으로 보여주고 있는 것이 송찬호의 첫 시집이다.

두번째 시집 역시 이러한 언어에 대한 자의식을 중심적인 '화두'로 삼고 있지만 그 시적 지향점에서 다소의 차이를 나타낸다. 우선, 언어(특히 의미)에 대한 신뢰보다는 불신을 앞에 내세워 그 한계로부터의 탈출을 시도한다. 두번째 시집에서 자주 보이는 '기표' 중심의 시학적 특성, 그리고 구체적인 사물의 상실, 추상적인 관념과 이미지의 빈번한 출현 등은, 좀더 사물의 본질에 다가서고자 하는 시인의 욕망을 느끼게 하지만, 결과적으로는 오히려 반대의 효과가 나타났다고 여겨진다. 사물의 구체성보다는 그 본질을 지향함으로써 생겨난 관념성과 추상적 이미지가 언어의 불투명한 상징성에 의해 여과되면서 새로운 이미지나 의미를 창출하지 못하고, 오히려 의미의 구체성이 소실되어 '기표의 미끄러짐' 현상이 나타나게 된 것이다. 이 점에서 두번째 시집은 언어 혹은 제도적으로 규정된 '의미'로부터 벗어나고자 하는 '시적 전략'이 두드러진 시집이면서 동시에 '존재의 구체성'과 의미의 중심이 '해체'된 시집이라고 할 수 있다.

'존재의 집'으로부터 '존재의 감옥' '언어의 감옥'으로 시적 인식과 화두를 이동시켜온 송찬호 시인의 시적 여정은 이렇게 확인이 된다. 그렇다면 어째서 그는 '존재의 집'에서 '언어의 감옥'으로 자신의 시관을 이동시켜온 것일까. 이 질문에 대한 해답이 바로 이번 시집『붉은 눈, 동백』이다.『붉은 눈, 동백』은 '존재의 탐구'라는 형이상학 시론과 '언어의 감옥'이라는 '형식주의 미학' 사이의 심도 있는 조화를 시도하는 그의 '시적 향방'이 구체화된 것이다.

즉, 시의 본질이 "존재의 현현과 구원"이라는 생각에 송찬호는 적극적으로 찬동한다. 그러나 문제는 이러한 구원과 존재의 현현을 가능하게 하는 매개, 즉 언어의 '불완전성'이다. 존재 구현의 유일한 수단이라는 점에서 매혹될 수밖에 없지만 언제나 '부패'하는 언어의 불완전성에 대한 인식이 그의 언어적 자의식을 자극하고 있고 그 결과 그는 '인공예술'을 지향하는 '장인 정신'으로 자신을 무장하게 된 것이다. 이 점은 형이상학적인 기원으로부터 언어적 자의식과 형식 미학, 즉 '인공 예술'로 발전해온 근대적인 '미학'과 '시론'의 행보와도 일치하는 것이다. 이 점에서 그는 근대적인 시론의 본질을 꿰뚫고 있는 시인이기도 하다.

　　　나무를 포로로 하고서
　　　나무가 구조적 척추 동물임을 알았다
　　　나무의 중심을 지워없앤다
　　　오, 놀라워라 나무가 둥글어진다

　　　말 속에 이런 둥글고 넓은 감옥이 숨겨 있었다니
　　　말의 감옥은 얼마나 숨쉬기 부드러운가

　　　말을 감옥 밖에 놓아두고
　　　안으로 들어오면
　　　외부의 말은 세계를 둥글게 감싸 감춰버린다
　　　중심에 이르는 모든 길을 지워없애고
　　　감옥은 더 큰 감옥에 폭넓게 갇혀버린다

말에 포착된 것은 무엇이든 말은 감옥을 만든다
말은 상호간 대화를 한다

말로부터 영원히 자유로울 수 없지만
말을 할 때만큼은 자유로울 수 있다
말을 하여
우선 감옥을 만들라
말로부터의 자유는
중심을 무너뜨리고
그 중심으로부터 해체되어 나오는 길뿐이다
──「공중 정원 · 3」전문 ,『흙은 사각형의 기억을 갖고 있다』

'말,' 언어에 대한 시인의 의식은 위에 인용한 시에서
잘 나타난다. "말로부터 영원히 자유로울 수 없지만/말을
할 때만큼은 자유로울 수 있다/말을 하여/우선 감옥을 만
들라"는 자신의 시 창작 행위에 대한 자의식을 담은 언술
이다. 즉, '시를 쓴다'는 것은 말의 감옥으로부터 벗어나기
위해 말을 하여 새로운 감옥을 만드는 '역설적 행위'이다.
'불립문자(不立文字)' ── 언어를 세우지 않는 시의 속성
── 와 '불리문자(不離文字)' ── 언어를 벗어날 수 없는 시
의 속성 ── 를 나타내는 이런 표현은, 그의 시적 자의식이
사물의 본질과 진실을 인식하기 위해서는 낡은 언어의 중
심을 파괴해야만 한다는 생각으로부터 형성된 것임을 알게
한다. 또한 언어의 '낡은 중심'은 사물의 본질을 은폐하는
상투화된 '의미'의 세계이다. 진실을 은폐하는 '낡은 중

심'을 파괴하기 위해서 그는 '다른 말'을 만들고 그 '다른 말'을 앞세워 견고한 중심을 흔드는 '시적 전략'을 사용한다. 그러므로 말을 하여 새로운 말의 감옥을 만드는 것은, 사물의 진정한 본질에 다가가기 위해서 '상투화된 의미의 흔적'을 지워나가는, 중심을 해체하기 위한 '시적 글쓰기'의 숙명이다.

시인의 숙명에 대한 이런 자각은, 그를 시적 자의식과 언어에 대한 감각이 특별히 예민한 시인으로 만든 주요한 원인이다. 말의 감옥으로부터 벗어나기 위해 '말 속에 둥글고 넓은 감옥이 숨겨져 있다'는 사실을 자각해나가는 과정이 바로 그의 글쓰기 과정인 것이다. 근대적인 시인의 숙명은 이렇듯 말의 감옥으로 벗어나기 위해 오히려 새로운 '언어'를 찾아 나서는 '역설' 속에서 탄생한다. 이 점에서 송찬호의 시적 인식은, 말의 감옥으로부터 시작해서 그 감옥의 언어, 근대의 언어를 넘어서는 방법의 탐색을 고스란히 담고 있다. 이런 시적 언어, 숭고한 언어의 탐색을 보여주는 그의 시적 여정의 도착점이 이번 시집 『붉은 눈, 동백』이다.

송찬호의 '존재론적 성향'과 '미학주의'는 그의 시 안에 특유의 긴장감을 부여하는 상호 모순된 충동들이다. 이 점은 그를 사물의 아름다움과 언어의 신비에 매혹된 '미학적 인간'과 진리 인식의 '구도적 인간' 사이에 불안정하게 머물게 하는 근본 원인이다. 하지만 『붉은 눈, 동백』에서 이런 위태로움은 오히려 승화된 긴장감을 독자에게 안겨주면서, 이상적인 미학으로 완성되고 있다. 특히, '동백꽃' 시편과 '산경(山經)' 시편은 사물의 본질에 대한 인식 자체를 '미학'으로 만드는 탁월한 역량을 보여준다. 이 점에서 송찬호는 '구도적 자세'조차 '매혹'과 '욕망'이라는 인간 적 본성에서 출발하는 것으로 '형상화'한다는 점에서 '미 학적 인간'의 특성을 온전히 지닌 시인이다. 육체적인 것, 감각적인 것, 감성적인 것을 환기하는 이미지의 제시는, 그의 미학적 매혹이 새로운 이미지의 영토를 개척했음을 명확하게 보여준다. 그 영토가 '동백'과 '산경'의 화려하 고 처절한 이미지이다. 그리고 이들 이미지는 무척이나 암 시적이고 상징적인 의미를 환기시킨다는 점에서 다른 한편 으로는 상당히 존재론적인 특성도 내포하고 있다.

　이그, 저기 가는 저것들 또 산경 가자는 거 아닌가
　멧부리를 닮은 잔등 우에 처자를 태우고
　또랑물에 적신 꼬리로 휘이 휘이 마른 들길을 쓸고 가고 있는
저 牛公이

　어깻죽지 우에 이름난 폭포 한 자락 걸치지도 못한
　저 비루먹은 산천이 막무가내로 봄날 산경 가자는 거 아닌가
　일자무식 쇠귀에 버들강아지 한 움큼 꽂고 웅얼웅얼 가고 있
는 저 풍광이

　세상의 절경 한 폭 짊어지지 못하고 못하고 春窮을 넘어가는
저 비탈의 노래가 저러다 정말 산경의 진수를 찾아 들어가는 거
아닌가
　살 만한 땅을 찾아 저렇게 말뚝에 매인 집 한 채 뿌리째 떠가
고 있으니

검은 아궁일 끌어 묻고 살 만한 땅을 찾아 참을 수 없이 느릿
느릿 저 신선 가족이 가고 있으니   ──「봄날을 가는 山經」

인용한 시의 첫 구절 "이그, 저기 가는 저것들 또 산경
가자는 거 아닌가"에는 '산경'의 의미가 현실 속에서는 찾
기 힘든 어떤 '이상향'과 같은 것이라는 사실을 알게 한다.
'산경' 시편에서 종종 '동백꽃'이 자주 나오는 것도 이런
의미 연결과 무관하지 않다. 산경(山經)은 중국의 고전『산
해경(山海經)』에서 빌려온 말로써 이 책의 내용이 공상과
상상 속의 이야기를 모아놓은 것이라는 점에서 알 수 있듯
이 현실을 초월하는 문학적인 상상이 만드는 '유토피아'
같은 것을 상징한다. 다만, 산경(山經)이라는 말이, 바다가
아닌 산의 풍광 속에 깃들인 어떤 본질과 근원을 암시한다
는 점에서 그의 시적 지향은 동양적인 '선계(仙界)'의 이
미지까지도 포함하고 있는 것이다. 위의 시 1연 2행에서 3
행까지의 구절과 마지막 행의 "검은 아궁일 끌어 묻고 살
만한 땅을 찾아 참을 수 없이 느릿느릿 저 신선 가족이 가
고 있으니"와 같은 표현은, '산경'의 이미지가 선계로서의
낙원과 현실적 삶을 부정하는 '미학적 이상주의'를 상징한
다는 것을 보여준다. "검은 아궁일 끌어 묻고"나 "세상의
절경 한 폭 짊어지지 못하고"와 같은 현실 부정은, 시의 세
계와 이상주의적인 욕망의 세계가 어떤 공통점을 지니고
있음을 알게 한다. 이런 이상주의는 '동백'에 대한 다음과
같은 묘사에서도 잘 나타난다.

동백은 결코 땅에

항복하지 않는 꽃이란다

거친 땅을 밟고 다니느라

동백의 발바닥은 아주 붉지

그런 부리부리한 동백이

앞발을 번쩍 들고

이만큼 높이에서 피어 있단다

동물원 쇠창살을 찢고

집을 찢고

아버지를 찢고

나뭇가지를 찢고 나와

이렇게

불끈,   ──「山經 가는 길」

　"동백은 결코 땅에/항복하지 않는 꽃"이라는 말은, 동백
이 상징하는 것이 '산경'과 같은 것임을 의미한다. 송찬호
는 이 점에서 이 시에서도 역시 그의 미학적인 속성을 유
감없이 보여준다. '동백'에 매혹된 시인의 '근원 회귀'를
암시하는 산경은 따라서 관념적인 이상향이 아니라 구체적
인 이미지를 지니고 있는 대상이다. 그 이미지의 구체적인
현현이 '동백'이고 동백의 '붉은 색깔'은 생각 또는 관념
의 상징인 '검은 글자'와 대립한다. 이런 대립은 그의 세
번째 시집이 첫번째와 두번째 시집의 화두를 어떻게 지속
시키고 있고 또 어떤 점에서 극복하고 있는지를 자세히 알
려준다. '동백'과 '산경'의 발견은 이 시집을 '매혹적인
것'으로 만들고 있으며 언어의 감옥으로부터 탈출하고자
하는 송찬호의 시적 욕망을 실현시키는 구체적인 매개가

되고 있다.

『붉은 눈, 동백』은 시인의 숙명이나 언어와 사물의 관계를 직접적인 언술로서 표현하지 않는다. 예를 들면 첫 시집에서 "말과 사물 사이에 인간이 있다/그곳을 세계라 부른다/드러내보이는 길들, 그 길을 이어받아/뒤틀린 길을 드러내보이는 길들"(「공중 정원·1」, p. 45)이라고 직접적으로 언술하던 것이 이번 시집에서는 "누가 검은머리 동백을 아시는지요/머리 우에 앉은뱅이 박새를 얹고 다니는 동백 말이지요/[……]/자신의 가슴이 얼마나 빨갛게 멍들었는지/거울도 안 보고 살아가는 검은머리 동백"(「검은머리 동백」)이라고 표현된다. 이런 변화는 시인의 숙명적인 부조리에 대한 인식을 드러내는 방식에서 이번 시집이 좀더 상징적이면서도 구체적인 이미지를 제시하고 있고 또한 상당히 섬세한 미적 환기력을 확보하고 있음을 의미한다. '검은머리 동백'이 상징하는 시인의 숙명적인 부조리와 '가슴이 빨갛게 멍드는' 구체적 이미지, 생생한 미적 인식에 대한 '직감'의 충돌은 검은 문자의 세계와 붉은 꽃(생생한 사물의 이미지)의 대비를 말한 두번째 시집 뒤표지에 실린 시인의 글과도 일맥상통하는 것이다.

위의 인용시에서도 시인은, "거친 땅을 밟고 다니느라/동백의 발바닥은 아주 붉지"라고 하여 현실, 혹은 문자의 세계 속에 갇힌 '시적 영혼'의 아픔과 불온성을 '붉음'의 이미지를 통해 표현한다. "앞발을 번쩍 들고," "동물원 쇠창살을 찢고/집을 찢고/아버지를 찢고/나뭇가지를 찢고 나"오는 '동백'은 말 그대로 시의 창조력과 부정 정신 혹은 불온성을 상징하는 것이다.

'동백'과 같은 사물의 구체적인 현현을 검은 문자로 옮겨야 하는 시인의 숙명은 이외에도 「동백이 활짝,」, 「동백이 지고 있네」에서도 함축적으로 나타난다. 「동백이 활짝,」에서 "마침내 사자가 솟구쳐 올라/〔……〕/나는 어서 문장을 완성해야만 한다/바람이 저 동백꽃을 베어물고/땅으로 뛰어내리기 전에"와 같은 표현에는 시간 속에서 고정되지 않고 스쳐 지나가는 사물의 변화와 그 순간성을 시 속에 담아야만 하는 시인의 강박 관념이 노출되어 있다. 또, 「동백이 지고 있네」의 "벗이여, 이 볕 좋은 날/약술도 마다하고/저리 붉은 입술도 치워버리고/어디서 글을 읽고 있는가/이른 아침부터/한 동이씩 꽃을 퍼다 버리는/이 빗자루 경전을 좀 읽어보게"에는 관념의 경전이나 글 속에서 진리를 찾지 말고 바로 눈앞의 사물과의 생생한 교감 속에서 진리를 발견하라는 메시지가 담겨 있다. 이런 사실은 송찬호의 시가 단순히 '미학주의'에 안주하거나 집착하지 않으며 오히려 사물의 본질을 '죽은 문자'에 가두지 않고 생생하게 느끼고 체험하고자 하는 '진리'와 '아름다움'의 일치를 꾀하고 있음을 알게 한다. 여기에 대해서는 김수영의 꽃과 송찬호의 꽃을 비교했던 필자의 다음과 같은 글을 인용하는 것으로 설명을 대신하고자 한다.

  1) 김수영에게서 꽃과 열매의 관계가 '미(美)와 도(道)' 혹은 '아름다움과 진실'의 관계에 있었던 것처럼, 송찬호에게 꽃과 열매는 '시적 영감 혹은 아름다움/인식(認識)·문자'의 관계를 암시한다. 실제로 꽃이 원색인 데 반해서 (그 꽃의) 열매는 검다. 시적 영감이 포착한 세계의 근원적 생동성 혹은 원색은 늘

불완전한 흑백의 문자 세계에 갇혀 있을 수밖에 없는 것이다. 따라서 글쓰기란 그 검은 열매에서 떨어진 무명(無明)의 씨앗을 종이로 받는 행위에 다름이 아니다. 그러니, '수천 번 제 육신을 두드려 빨아 빛깔을 얻는 간결함이 깃들인 씨앗'이란 무엇인가. 그것은 근원을 담은 문자, 태초의 신성한 문자가 아니겠는가. 송찬호의 근원에 대한 향수는 그의 글쓰기를 '그 현기증 나는 빛을 향하여 오랫동안 흘러온 것'이라고 고백하는 부분에서 확연하게 나타난다. 결국 그의 글쓰기란 근원에 존재하는 아름다움(꽃)과 진리(열매)에 대한 받아쓰기 혹은 다시 쓰기 Rewriting이다. (「미학적 인간」, 『한국문학평론』, 1999년 봄, pp. 58~59)

2) 현실과 이상 사이에서 근본적인 실천의 도를 추구하는 도덕주의자인 김수영의 비애와 현실 저편의 아름다움을 위해서 검은 문자의 감옥 속에 스스로 갇힌 이상주의자의 '비애'에는 어떤 공통점이 존재한다. '탈속주의(脫俗主義)'라는 시적 영토가 그것이다. 김수영의 실천이 종종 근원적인 도(道)로 상징되는 탈속주의로 나타나듯이 송찬호의 미학주의 역시 근원적인 아름다움을 찾는 탈속주의를 보여준다.

송찬호의 미학주의는 이 점에서 시인 개인의 성향에 가장 일차적인 형성 요인이 주어진다. 김수영이 비판적 지성이 강한 시인이었다면 송찬호는 미적 감수성이 강하고 원초적인 아름다움의 풍경에 매혹된 시인이다. 그의 영혼이 보려고 하는 것은 아름다움의 근원이고 이것은 진·선·미라는 절대적 가치 체계를 모두 감싸안는 원초적 장면과 같은 것이다.

세계의 본질을 '아름다움'이라고 말하는 사람이 있다면 우리는 그를 '미학적 인간'이라고 부를 수 있을 것이다. 그리고 매혹

당한 영혼들에게서 종종 이런 미학적 인간의 면모를 발견하곤
한다. 송찬호 시인은 이 점에서 매혹당한 인간에 속한다고 할
수 있다. 매혹당한 사람에게는 모든 가치 기준이 '아름다움'으
로 겨속될 수밖에 없다. (「미학적 인간」, p. 65)

　인용한 1), 2)의 글은 송찬호의 미학주의가 진선미를 모
두 감싸안는 원리임을 말하고 있다. 그리고 이러한 주장이
가능한 근거는 그의 시적 인식 안에 존재하는 '동백'의 붉
음과 열매 혹은 '검은색'의 의미가 그의 '근원에 대한 향
수'를 나타내는 것이기 때문이다. 붉음이 근원적인 사물의
세계라면 검은색은 근원적인 문자, 신성한 문자의 세계이
다. 이 둘은 서로 일치할 수 없는 숙명을 타고났지만, 시인
의 글쓰기는 이러한 상이한 두 개의 근원을 하나로 연결하
려고 하는 시도에서부터 출발하는 것이다. 근원에 대한 향
수와 탈속주의라는 두 가지 특성은 송찬호의 시에서 동백
과 산경이 차지하는 위치를 그대로 암시한다. 산경이 탈속
주의적인 경향을 어느 정도 보여준다면 동백은 '근원에 대
한 향수' '사물의 본성'을 의미한다. 이 점에서 '산경(山
經) 가는 길'과 '동백 보러 가는 길'이 같은 길로 묘사된다
는 것은 무척이나 아이러니하다. 이런 표현은 상당히 의도
적인 것으로서 탈속주의적인 '구원'의 지향과 사물의 근원
적인 아름다움에 대한 인식은 '하나'라는 것을 의미한다.
즉, 구도의 길과 매혹, 아름다움의 '궁극'으로 가는 길, 시
의 길은 같은 것이다.
　존재의 구원과 미적 심취 사이의 동일성을 전제로 한 그
의 시 쓰기는 이 점에서 특히 의미가 있다. 구원을 향한 간

절한 염원이 종종 어떤 심취의 상태를 유발시키는 것과 미적 심취 속에서 구원의 가능성을 발견하는 것은, 이 두 가지 영역이 시 안에 모두 담겨질 수 있음을 의미한다. 송찬호의 시는 이 점에서 상징성을 전면에 내세워 근대적 미학의 폐쇄성에 도전한다.

「총알」이라는 시에서 "근대의 혼혈아인/납탄 덩어리가/격발의 이름으로/금속인 아버지를 찢고 나와/날아간다"라는 표현은 실제로 근대적 미학 또는 현대시의 정체성에 대한 시인의 인식을 보여준다. 현대시와 현대 예술은 어차피 근대적 원리에 의해 생성되었고 그 원리에 의해서 지배되는 '혼혈아'다. 그러나, 이런 저주받은 출생의 한계를 시는, 미학은 '금속인 아버지를 찢고' 날아가듯이 돌파한다. 근대성을 초극하는 것이다. 송찬호의 시는 이런 측면에서 근대적 미학의 폐쇄성에 대한 도전을 중요한 특징으로 삼는다. "격발의 이름으로" 금속인 아버지를 찢듯이 송찬호의 시는 근대적인 '인공 예술'과 '장인 정신'을 자신의 시적 자세로 삼고 있으면서도 그러한 '형식미학,' 지나친 '언어중심주의'의 시학을 극복하고자 한다.

시적 도전 의식, 실험 의식은 그의 시편 안에 유난히 많은 자의식적인 시를 포함시키는 원인이다. 예를 들면, 「임방울」 「검은머리 동백」 「山經을 비추어 말하다」 「나비의 꿈」 등이 이러한 시인으로서의 자의식을 드러내는 작품들이다. 특히 「山經을 비추어 말하다」는 "세상에는 등에 거울을 지고/다니는 사람도 있단다//경 없이 가는 길,/그것이 문자의 운명인데도//너희, 거북이 아저씨 알지?/자신의 등을 구워/문자를 만드는 사람,/우리 동네 시인/같은 사람

말이다"라고 하여 '문자의 운명'과 시인의 운명에 대한 명확한 자의식을 보여준다. 즉, 문자의 길은 경[鏡, 經] 없이 가는 길인데도 시인들은 "자신의 등을 구워/문자를 만드는 사람"이고 또 그런 거울을 만드는 사람이다. 결국, 시인의 문자[시]는 다른 문자와 달리, 스스로의 등을 구워 만들었으므로 '산경'을 비출 수 있는 '신비한 능력'을 지니고 있다. 시인이 비추는 '산경'의 모습은, 이 점에서 일상적인 검은 문자의 세계 안에서는 도저히 재현이 불가능하다. 그러나 오직 시인만이 자신의 등을 구워 문자를 만들었기 때문에 이런 '산경'의 구체적이고 생생한 모습을 두루 비출 수 있는 것이다. 이런 표현은 시인은 문자를 배우지 않으며, 스스로의 내면 속에서 그런 문자를 만들어내는 존재임을 의미한다. 다시 말해서 '산경' 즉 사물 저편의 세계에 대한 생생한 묘사는 오직 시인 스스로 만들어낸 '날것'의 신선하고 창조적인 언어를 사용할 때만 가능한 것이다.

마찬가지로 「임방울」이라는 시도 이런 시인의 숙명에 대한 비유를 담고 있는 시이다.

> 삶이 어찌 이다지 소용돌이치며 도도히 흘러갈 수 있단 말인가
> 그 소용돌이치는 여울 앞에서 나는 백 년 잉어를 기다리고 있네
> 어느 시절이건 시절을 앞세워 명창은 반드시 나타나는 법
> 유성기 음반 복각판을 틀어놓고, 노래 한 자락으로 비단옷을 지어 입었다는 그 백 년 잉어를 기다리고 있네
> 들어보시게, 시절을 뛰어넘어 명창은 한 번 반드시 나타나는 법
> 우당탕 퉁탕 울대를 꺾으며 저 여울을 건너오는,

임방울, 소리 한가락으로 비단옷을 입은 늙은이
삶이 어찌 이다지 휘몰아치며 도도히 흘러갈 수 있단 말인가
———「임방울」 전문

    인용한 시는 명창 임방울을 빌려서 자신의 시적 지향점을 밝히고 있는 시이다. 송찬호의 시가 미적, 예술 지향적이면서도 삶과 사물, 존재의 탐구를 게을리하지 않는 이유가 여기에 있는 것이다. "삶이 어찌 이다지 휘몰아치며 도도히 흘러갈 수 있단 말인가"가 1행과 마지막 행에서 반복되는데, 이런 반복은 그의 시적 지향점이 예술가이면서 동시에 그 예술 안에 자신의 삶을 고스란히 담아내고 있는 임방울의 뛰어남에 대한 '동경'과 일치하기 때문이다. 다시 말해서 이 구절은 아름다움의 근원이 언제나 '삶'을 휘몰아치는 사물의 저편에 대한 표현이나 인식 속에 있다는 점을 암시한다. "소리 한가락으로 비단옷을 입은 늙은이"처럼 그는 아름다움의 예술적 근원에 몰입한다. "비단옷을 지어 입었다는 그 백 년 잉어를 기다"리다가 "들어보시게, 시절을 뛰어넘어 명창은 한 번 반드시 나타나는 법"하고 말하는 화자의 심정 속에는 자신이 바로 이 시대의 명창으로 남고 싶다는 뜨거운 욕망이 들끓고 있는 것이다. 이 점에서 「임방울」은, 송찬호가 최고의 시 작품 또는 시인의 자세라고 생각하는 기준에 대해 어떤 일정한 근거를 제공하는 작품이다. ▨